MW00977508

ALFAGUARA

ALFAGUARA INFANTIL

1976, Elsa Bornemann
c/o Guillermo Schavelzon y Asoc. Agencia Literaria
info@schavelzon.com

De esta edición

2011, Aguilar, Altea, Taurus, Alfaguara S.A.
Av. Leandro N. Alem 720 (C1001AAP) Buenos Aires, Argentina

ISBN: 978-987-04-0228-2
Hecho el depósito que marca la Ley 11.723
Impreso en Argentina. *Printed in Argentina.*
Primera edición: mayo de 2004
Segunda edición: octubre de 20052
Novena reimpresión: enero de 2013

Coordinación de Literatura Infantil y Juvenil: María Fernanda Maquieira
Diseño de la colección: Manuel Estrada

Bornemann, Elsa Isabel
  El libro de los chicos enamorados. - 2a ed. 9a reimp. - Buenos
Aires : Aguilar, Altea, Taurus, Alfaguara, 2013.
  136 p. ; 20x12 cm. - (Naranja)

  ISBN 978-987-04-0228-2

  1. Narrativa Infantil Argentina. I. Título.
  CDD A863.928 2

El libro de los chicos enamorados

Elsa Bornemann

Ilustraciones de Paula Socolovsky

ALFAGUARA

A Gregory Peck,
que deslumbró
mi corazón...
¡de apenas cinco años!

CARTA A LOS CHICOS ENAMORADOS

Chicos:

Cada vez que aseguro que ustedes se enamoran tal como los "grandes", me sucede más o menos lo siguiente:

- Algunos "grandes" se ríen y me miran como si me estuvieran brotando margaritas por las orejas...
- Otros se sonríen y me dicen: —¡Qué disparate! ¡Los niños sólo piensan en jugar!
- Otros bostezan, ponen la mitad de sus ojos en blanco y cambian de tema.
(Parece que éstos no conocieron el amor y por eso no les interesa...)
- Y otros (¡por suerte, muy poquitos!) fruncen el ceño y casi se enojan conmigo: —¡Tienen que tomar mucha sopa todavía! ¡El amor no es cosa de niños! ¡A dónde iremos a parar los de antes! Cuando nosotros teníamos su edad...

En fin, que prefiero a los primeros de esta serie. A ésos hoy les regalo una margarita de las que crecen en mis orejas y también los invito a leer este libro, porque estoy segura de que –tal como ustedes y yo– ellos saben que es cierto lo que afirmo, aunque como vivieron su infancia hace mucho tiempo acaso se les haya perdido en el baúl de los ayeres y les cueste recordar cómo sentían entonces.

¿Les refresco la memoria?

A la una... y cierro los ojos.

A las dos... y veo una plaza.

A las tres... y aparece una nena rubia que me dice...

—Yo estoy enamorada... Y casi todos mis amiguitos también. Claro que a veces sólo lo sabemos nosotros... ¡Ni siquiera nuestro novio o novia se entera! Es que no nos animamos a decírselo. O no se nos ocurre cómo... Por eso, el deseo de mirarnos se transforma a menudo en un furtivo reojo; una caricia vergonzosa en un intercambio de figuritas; un beso no dado en un tirón de pelo... Pero nos enamoramos. Queremos de veras. Intensamente. Y somos felices cuando nos quieren del mismo modo: ¡Estamos de novios! Y sufrimos como condenados cuando no nos vemos, cuando nos peleamos, cuando el amor se vuela de repente tras otras mariposas o "panaderos"... Porque de pronto nuestros sentimientos pueden cambiar con los días. Y cambian entonces los novios. Pero... ¡cuántas horas para querer tiene una semana! ¡Cuánto tiempo todo un verano!

"Adiós,
corazón de arroz,
el año que viene
me caso con vos..."

Abro los ojos: la nena rubia ya se fue. Pero llegaron ustedes, chicos, que ahora tienen más o menos su edad y que –como ella– están enamorados.

Y para ustedes soñé, imaginé, quise y escribí este libro, donde van a encontrar poemas que cantan o lloran las distintas sensaciones que produce el amor-niño, agrupados para que fácilmente puedan elegir uno, según tengan ganas de declararse, enojarse, amigarse... (Vean el índice). Porque aunque muchísimos poetas escribieron y escriben bellas composiciones amorosas que casi todos los amantes del mundo copian para regalar a su amor, faltaban los creados especialmente para los chicos, inspirados en sus emociones, en sus actitudes, en sus juegos y palabritas. Aquí están.

Por eso, si algún día un lectorcito enamorado copia cualquiera de estos poemas en las últimas páginas del cuaderno borrador (ésas que tantas veces se arrancan para hacer un avioncito o una grulla) me hará feliz saber que luego voló hacia otro banco de la escuela...

Me hará feliz saberlo porque recién entonces voy a comprobar si este libro que escribí "para" ustedes, es "de" ustedes, como se intentó.

Y ahora me despido.

¿Eh? ¿Que si yo me enamoré cuando era chica?

Ah, como presentía que –con todo derecho– podían hacerme esa pregunta, incluí al final de este volumen el cuento de mi primer amor.

Pero... ¿quién de ustedes me cuenta el suyo?

Si alguien se decide, puede escribirme una carta. En el sobre debe poner así:

Sra.
Elsa Bornemann
Editorial Alfaguara
Beazley 3860
(1437) Buenos Aires, Argentina

Prometo guardarles el secreto. (Hasta puedo jurárselos, porque en mi casa... ¡hay pan duro!).
Un abrazo y hasta pronto.

Bornemann (o Elsy)

Nota: Esta carta fue escrita para la primera edición del libro, aparecida en octubre de 1976.

POEMAS DE LA
DECLARACIÓN DE AMOR

INVITACIÓN

Porque cantas cuando llego,
porque sé que eres mi amigo,
adentro de una naranja
te invito a vivir conmigo.

Casa redonda y brillante
como un solcito pintado,
y en ella nosotros dos,
de dulce jugo empapados.

Tú, anaranjado de día;
yo, de tarde, anaranjada,
y encendiendo nuestra noche
una naranja alunada.

Un gajo para reír...
Un gajo para bailar...
Los demás para querernos.
¡Ninguno para llorar!

Las horas anaranjadas
rodarán para los dos.
Nadie sabrá este secreto:
solamente tú y yo.

SI YO FUERA UN GATO

Si fuera un gato,
por tu tejado
me alunaría,
enamorado.

Y trenzaría
mimbres de luna
para amarrarme
junto a tu cuna.

A tus pies siempre
ronronearía;
mi golpe de ala,
niñita mía.

Si fuera un gato
desenfadado
y no un chiquillo
avergonzado.

Si fuera un gato
cascabelero
te maullaría
cuánto te quiero.

CANCIÓN PARA SABER CÓMO ES LA GENTE

¿Qué dirá la gente
si por las veredas
salgo a pintar gallos
con mis acuarelas,
si beso al florista
por tantos jazmines,
o a mis siete gatos
les tejo escarpines?

¿Qué dirá la gente
si –con tantas ganas–
sumo otro domingo
a cada semana,
si crío un canguro
dentro de mi casa
o enciendo fogatas
sobre la terraza?

¿Qué dirá la gente
—que en todo se mete—
si en el subterráneo
salto el molinete,
si suelto tu nombre
desde un campanario
y que yo te quiero
publico en el diario?

ROMANCITO DE TODOS LOS COLORES

Blanca cuando te encontré.
Cuando te miro, rosada,
o –de sol entre los ojos–
te pones anaranjada.
Azul azul cuando ríes
te vuelven las carcajadas
y tu sonrisa es celeste,
fruta negra en la mirada.
Juegas de verde o violeta;
si sueñas, otra vez blanca.
Grisecita cuando lloras,
por lluviosa y por nublada.
No sé por qué me pareces
amarilla cuando callas,
como si sombra de trigo
sobre ti se reflejara.
Sólo me falta encontrarte
colorada colorada:
será cuando con un beso
yo te tiña, enamorada.

ADIVINANZA

Pues señor, aunque te asombre,
en mi mano guardo un nombre.
Lo pinto, le saco brillo
y lo escondo en mi bolsillo.

Desde una letra ondulada
parten más, encadenadas,
y se acaba y se acabó
con el rulo de la o.

Adivina, adivinador:
¿cuál es ese nombre
con gustito a flor
y frescor de yuyo?

¡El tuyo!
¡El tuyo!
¡El tuyo!

GALERA DE MAGO

Me pongo la galera;
salgo a buscarte.
Como de un mago era,
va a enamorarte.

Si la toca la estrella
de tu varita
serás –gracias a ella–
mi noviecita.

Para ti, en mi galera
tengo enrollada
toda una primavera
aún no estrenada.

Por siete caminitos
que al amor llevan,
cantan sus arbolitos
mientras se elevan.

De la mano entraremos
a mi galera
y allí nos casaremos,
niña, de veras.

¡Que los mayores rían!
¡Si es un halago!
¡Quizá lo que darían
por creer en magos!

CANCIÓN MARINERA

Yo me amarro
cada día
al marcito de tus ojos,
niña mía.

Puerto verde;
derrotero
donde su libertad pierde
mi velero.

En tus ojos
—bienamada—
donde flota a la deriva
mi mirada.

En tus ojos
marineros,
donde olean mis amores,
prisioneros.

Declaración por cuadruplicado

Oh –bella Susanita– mi tesoro,
necesito decirte que te adoro.

¿No quieres ser mi novia
hasta la muerte?
Contéstame prontito; dame suerte.

(Pero si yo te disgusto, no te aflijas.
No voy a odiarte porque no me elijas...

Sólo espero que me hagas un favor:
que le pases estos versos a Leonor.

Y si tampoco quiere ser la novia mía...
entonces a Cecilia y a María).

De girasoles y giralunas

Los girasoles de día
son –de noche– giralunas.
Son flores enamoradas:
no logra dormir ninguna.

¡Despiértate, compañero!
¡Míralas pasear en coche
por los callados senderos,
teñidas de pura noche,
todas con blancos sombreros!

Levántate, di que sí,
y entre las flores abiertas
me verás pasar a mí...
Yo también estoy despierta
de tanto pensar en ti.

Girasolera de día;
de noche, giralunera.
Gira el sueño por el aire...
No lo atrapo, aunque quisiera.

CUENTO TRANSPARENTE

Este cuento es transparente
y no se deja leer
ni con cien pares de lentes.
¡Qué pena! Sé que es hermoso
y nunca lo podré ver
si en soledad lo persigo,
si no lo lees conmigo,
porque es un cuento hechizado:
lo ven los enamorados.

Transparente...
Transparente...
Sólo de a dos
se lo siente...

(¿Por qué no nos animamos
y –juntos– lo imaginamos?).

Casos y cosas
del primer amor

MEDIODÍA DE SOL EN BUENOS AIRES

Buenos Aires a esta hora
parece una frutería...
Salgo a juntar las naranjas
que reparte el mediodía.
Las arroja por la calle
como si fuera una mesa.
El sol exprime su jugo
de luz sobre mi cabeza.

La gente murmura al verme
con mi cesta y mi alegría:
—¡La loca de las naranjas,
persiguiendo fantasías!
¿Es que no las ven rodando?
¡Cómo dicen que no hay nada,
si cuando yo vuelvo a casa
me sorprendo anaranjada!

(Ah... que no saben la causa
de que sin motivo ría
y vean todo naranja
los ojos del alma mía...
Ah... qué dulce mi secreto:
soy esa fruta en tus ramas.
Naranja para tu boca
desde que sé que me amas).

POEMA DEL LADRONCITO

No teniendo otra cosa, enamorado,
robé un dedal del cesto de costura.
Por tu dedito de jazmín rosado
cometí mi más dulce travesura.

Ladroncito ahora soy –pecas con trenza–
ladroncito por ti y –antes de ir preso–
voy a robarte de pronto la vergüenza
y aunque grites que no, te daré un beso.

¿DE DÓNDE VIENES?

—¿De dónde vienes? —pregunta
mi madre desesperada.
—¿De dónde vienes que andas
que parece que volaras?

—¿De dónde vienes que traes
gorriones en la mirada
y un trompo de sol te gira
sobre la frente incendiada?

—¿Por qué la risa en tu boca
y esas mejillas aguadas?
¿De dónde vienes que llegas
con el alma desmayada?

—De perseguir mariposas...
—le contesto porque sí.
¡Ah, si pudiera contarle
que vuelvo de verte a ti!

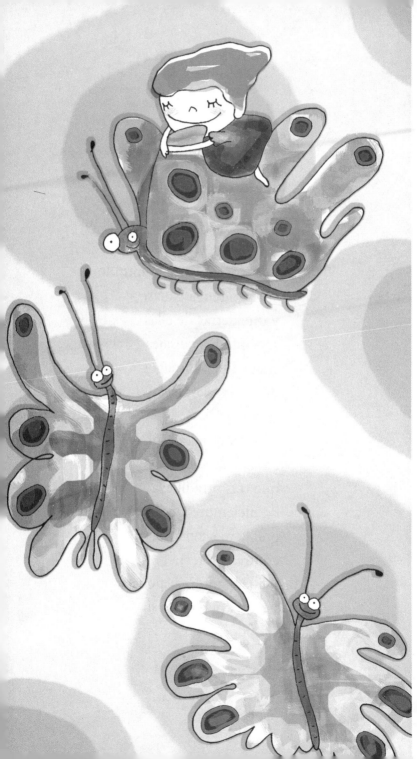

Aviso clasificado

Busco una casita
con cinco ventanas,
por las que entre el mundo
cuando tenga ganas;
y que detrás de ellas
se abran los paisajes
cual si fueran magos
de distintos trajes.

Que tras una, el sol
arda el año entero;
que tras otra llueva
de diciembre a enero;
que la nieve dance
contra la tercera
y que –amplia– la cuarta
sea una pecera.

Y que por la quinta
—la última ventana—
¡vea tu carita
toda la semana!

POEMA DEL AMOR SILBADO

Sé que él me silba a mí sola.
Y su silbo suavecito
se suelta sobre el silencio,
a los saltitos.

Es una cinta de seda
el silbido que desgrana,
subiendo los escalones
de la semana.

Es una cinta de seda
que se ciñe a mi cintura.
Es caricia de sonidos
y de dulzura.

No me dice nada: silba.
El suyo es amor silbado.
(Por su silbo sale al sol
su corazón desatado).

Yo

Yo, el desvergonzado,
travieso, alocado,
que por ti me atrevo
y todo lo pruebo:
magia, equilibrismo
o malabarismo;
que bailo con zancos
o salto los bancos,
que ensayo piruetas
con mi bicicleta
o ando de cabeza
con las piernas tiesas;
que hasta disfrazado
paso por tu lado
para que me mires,
para que suspires
por el superpibe
que todo consigue...
no me animo, hermosa,
a hacer una cosa,

la más sencillita,
tan dulce y bonita
como tu mirada
–pichoncito de hada–.
Ah, que tengo miedo,
que no, que no puedo
decirte un sincero
¡te quiero!, ¡te quiero!

Instrucciones para tejer un secreto

No aprendiste el "Santa Clara"
y yo no sé el punto "Arroz",
pero sé que los secretos
se tejen siempre de a dos.

Para eso, desovillo
mi corazón que palpita
y a la madeja del tuyo
entrelazo su lanita.

Con la hebra tejeremos
este secreto de amor:
un guiño sin que nos vean...
en tu cuaderno una flor...

media caricia apurada
en la puerta de tu casa...
y nuestros nombres escritos
sobre un árbol de la plaza.

(Los tejedores de un sueño
a dúo vamos a ser...
¡Y piensa la gente grande
que no sabemos tejer!).

¡TIENE NOVIA!

No puedo volver al grado;
mi vergüenza es colorada.
La maestra ha transformado
mi secreto, en carcajada:

    —¡Tiene novia! ¡Tiene novia!

Me iré a morir a la plaza
por mi vergüenza en color.
También se echó a vuelo en casa
mi secretito de amor:

    —¡Tiene novia! ¡Tiene novia!

Me saca la lengua el viento...
Me chistan los gorrioncitos...
Mis compañeros, contentos,
tocan el mismo organito:

    —¡Tiene novia! ¡Tiene novia!

MARINERO SE NECESITA

¿Cómo saber si me amas
si no pasa un marinero?
¿No es lo mismo la señal
de un segador o un granjero?

Pero yo sé, por mi mal,
que indica el "Amor presente"
encontrar en la vereda
un "marinero de frente"...

La mirada se me enreda
en los juncos campesinos...
¡El puerto está en la ciudad!
¡Aquí no pasan marinos!

¿Cómo saber la verdad
de tu "amor asegurado",
si no veo en el sendero
"marineros de costado"?

Ay, te espero y desespero...
¡si hasta el "pronto lo verás"
sólo lo anuncia la vista
de un "marinero de atrás"!

POEMA POR SU ESPEJITO PERDIDO

¡Ay, penas de amor chiquito!
¡Ay, mi niña olvidadiza!
Ayer perdió su espejito...
Lo dejó como a su risa.

(Pero espejito de amantes
es cristalito encantado.
Repite sólo la imagen
de quien frente a él ha amado).

En él nos miramos juntos,
rubores de media cara.
Y por sobre nuestros hombros
se miró la tarde clara.

(Ay, ay, de aquel que lo encuentre:
¡Tiene memoria ese espejo!
Quienquiera que se contemple
hallará nuestro reflejo).

POEMAS DE LOS
FESTEJOS DEL AMOR

PRIMER DÍA DE NOVIOS

Somos novios desde ayer.
Quiero hacerte un regalito
imposible de obtener.

¡La culpa es de Pulgarcito!

No puedo llegar al cielo
a buscar un lucerito
de hebilla para tu pelo.

¡Y todo por Pulgarcito!

No tiene novia el mocoso,
y al vernos de noviecitos
se habrá sentido celoso...

¡Boicot a ese Pulgarcito!

Voy a acosarlo sin tregua:
¡No me presta el enanito
sus botas de siete leguas!

Semanario del primer beso

En este cofrecito
tengo guardado
el único besito
que tú me has dado.

Voló por tu ventana
hacia la siesta.
Hoy cumple una semana;
le haré una fiesta.

Un regalo es su sueño;
no te lo olvides.
No soy yo pedigüeño...
¡Es él quien pide!

Tu regalito espera.
Sé su invitada,
porque lo que él quisiera
no cuesta nada...

Que le traigas –con ganas–
otro besito...
¡Hoy cumple una semana
de estar solito!

Regalos de cumpleaños

Voy a regalarte
en éste –tu día–
con gustito a beso,
toda mi alegría;
tu nombre mordido
sobre una manzana
y el din don din dan
de cada campana.

Voy a regalarte
el violín de un grillo,
el roce de un ala
para tu bolsillo
y agua de la fuente
que zumba en la plaza,
dentro de una copa
que nadie usó en casa.

Voy a regalarte
—bien empaquetado—
el color de un patio
al malvón pintado;
pájaros de sol
en jaula sin rejas,
mis dos lagrimitas...
¡y un tirón de orejas!

Canto al primer verano juntos

¡Qué gran acontecimiento!
¡Mañana empieza el verano!
Por su puente, al sol abierto
llegaremos de la mano...

Diciembre verá mi falda
de puro cielo, a retazos.
Las aves rojas de enero
pajarearán en tus brazos...

(Y cuando espíe febrero...
¡los tres sabrán que te quiero!).

BIENVENIDO OTOÑO

Todo el verde se ha volado...
Sólo soy yo la que queda
en el palco deshojado
del árbol de mi vereda.

Trepé a sus ramas desnudas,
las enlacé con mi moño,
para que al verlas acuda
a saludarme el otoño.

(Aunque secó hasta el color,
este otoño es bienvenido
porque tengo —por tu amor—
el corazón florecido).

Poemas del
amor ausente

GALLITO CIEGO

De tus ojos, la luz
que ilumina me falta.
Cocuyitos lejanos
entre la noche alta.

¡Pero yo no juego
al "gallito ciego"!

Me traga la negrura...
Sin ti no veo nada...
Por tus ojos ausentes
se voló mi mirada...

¡Pero yo no juego
al "gallito ciego"!

(¡Ah, que con red de juncos,
tras ellos, andariego,
ya estoy pisando sombras
como un gallito ciego!).

SE ME HA PERDIDO UNA NIÑA

"Se me ha perdido una niña.
Cataplín, cataplín, cataplero.
Se me ha perdido una niña
en el fondo del jardín".

¿Dónde está? Y a mis amores
les responde el sol de enero:
—¡Se la tragaron las flores!
Cataplín y cataplero.

Se ríe una margarita...
Una amapola me guiña...
¿Cuál de las dos me la quita?
Se me ha perdido una niña.

¿Está en la rosa, escondida,
o duerme en algún jazmín?
¡Ay, de mi niña perdida
en el fondo del jardín!

Veo-veo

Veo-veo tu sonrisa
prenderse como fogata.
Ya me incendia la camisa,
el corazón, la corbata...

En llamaradas por ti
a mi cuerpo coloreo
¡y tú estás lejos de mí!

(Muy lejos de mi deseo...
¡pero yo te veo-veo!).

Veo-veo tus ojitos
como dos olas marinas;
lluvia partida en charquitos,
agua azul con que iluminas.

Aunque me ahoguen decidí
beberlos sin parpadeos
¡y tú estás lejos de mí!

(Muy lejos de mi deseo...
¡pero yo te veo-veo!).

De vacaciones con papá y mamá

Nos separaron
enamorados:
a vacaciones
dos condenados.

Tus padres cuentan
que jamás lloraste así.
Los míos dicen
que estoy triste porque sí.

Yo, junto al mar.
Tú, en la montaña.
Corazón chico
también extraña.

Mis padres piensan
Que "ha de ser debilidad..."
los tuyos creen
que "son cosas de la edad...".

Que es por amor
ninguno sabe:
Te dan consejos…
¡y a mí un jarabe!

PORQUE YA NO ESTÁS

De la larga soga
voy a colgar mi tristeza;
guirnalda del patio
que ya el viento besa.

Trapito de pena
entre medias y camisas,
mi retazo de alma
que ondeará la brisa.

No le pondré broches:
un alma es tan leve...
Puede ser que sople el viento
y al fin se la lleve.

Que la lleve, sí,
hasta tu ribera,
amor que perdí en el verde
de mi primavera.

POEMAS DEL
AMOR ENOJADO

Poema de Santo Pilato

Te regalo mi pañuelo,
pequeña desmemoriada.
Ayer dijiste "te quiero"
y hoy me robas tu mirada.

Mi corazón tañe a vuelo.

Si yo no busco otro cielo
que ése que tiembla en tus ojos,
¿por qué dijiste "te quiero"
y hoy dicen "no" tus antojos?

Te regalo mi pañuelo.

Anúdalo a tu dedito
y tenlo siempre anudado
para impedir que te olvides
que yo soy tu enamorado.

(Santo Pilato,
cola de gato,
si ella me olvida
no te desato).

LOS JUEGOS DE TU AMOR

Mariposa con flequillo:
no juegues así conmigo
que ya no soy tan chiquillo...
Te has de quedar sin amigo.

Te me pierdes divertida,
mariposa encaprichada.
¡Basta de tanta escondida!
¡Piedra libre a tu mirada!

Te comes mi almita en pena
cual ficha de ta-te-ti...
Mariposa con melena:
no sigas jugando así.

Un día no te sorprendas
si no vuelvo "de Berlín".
¡No quiero cumplir más prendas,
mi mariposa-tilín!

Mira que juego contigo
al "botón de botonera"
y de repente te digo:
—¡CHIM, PUN, FUERA!

Buenos días, su señoría

Buenos días, su señoría.
Mantantiru lirulá.
Me han contado que me mentía,
que con otra viene y va.

Por eso vuelvo a visitarle.
Mantantiru lirulá.
Yo necesito preguntarle
qué oficio me pondrá.

Si usted me pone de engañada
sin novia se quedará.
Ese oficio no me agrada.
Mantantiru lirulá.

Poema de la veleta

Giran tus ojos al norte:
se van tras una morena...
Y yo amándote en el sur,
en la esquina de la pena.

Rueda al este tu mirada:
una castaña la enlaza...
Y yo esperando en el sur
que regreses a mi casa.

Te guiña una pelirroja
desde el oeste encendido...
Y yo juntando en el sur
las miguitas de tu olvido.

Pelirroja, morenita,
castaña, lacia, encrespada...
Yo siempre rubia en el sur
y siempre desesperada.

Un día de estos te embrujo
y lucirás tu silueta
sobre una torre, empinado
como gallo de veleta.

Poema del amor casi engripado

Mi amorcito tiene frío.
Cúbrelo con tus cabellos.
No lo dejes tiritando:
teje una manta con ellos.

Si le falta tu tibieza
le sobra escarcha y rocío...
No te quejes si se engripa:
mi amorcito tiene frío.

¿O crees que si se enferma
lo podrás luego ir curando?
Amor engripado muere.
No lo dejes tiritando.

POEMAS DEL
AMOR RECONCILIADO

Te pido "pido"

Por todo el sol
que hemos bebido
soñando juntos,
te pido "pido".

El tibio pan
de mi ternura
vuelve a tu mano,
tendida y pura.

En el baulito
de los olvidos
guardé mi enojo.
Te pido "pido".

Hagamos las paces

Dicen que "en la luna"
o que "en Babia" estoy.
¡"Cabeza de tuna"
me llamaron hoy!

No camino: ¡floto!,
loco enamorado...
Si parezco roto...
desencuadernado...

Cuentan que estás triste,
que lloras por nada;
que ayer te caíste
por atolondrada.

—¡"Ninguno la riña"!
—se burló la escuela.
—¡De aire es la niña!
¡Que no anda: vuela!

Te daño. Me dañas.
Tanta falta me haces
y sé que me extrañas...
¡Hagamos las paces!

Bandera blanca

Bandera blanca
la tarde agita:
nos pide tregua,
mi guerrerita.

Bandera blanca
–soplo de nube–
sopla el enojo
que sube y sube.

¡Ya es pajarito
que el viento mece!
¡Como un puntito
desaparece!

¡Basta de guerra
que, enamorados,
los dos perderemos
si separados!

POEMA DEL MUSIQUERO

—Titararí... —clarincito,
mi garganta clarinea.
—Tam-tam —mi corazoncito
al verte tamborilea.

Y ran-rataplán hace,
bate el parche de alegría.
¡Por fin hicimos las paces!
Tu mano volvió a la mía.

Pianeo como un pianito
o vibro como un violín.
Me siento arpa, organito
y la flauta de Hamelín.

Como un timbal sonajero
aturdo nuestro dolor...
¡Todo yo soy musiquero
de la orquesta del amor!

Resueno en silbato al canto
de lirarín, lararán...
y a Don Enojo lo espanto
con el pito catalán.

CANCIÓN DE LOS MENTIROSOS

Por enojada,
te miento así:
—Enamorada
no estoy de ti.
Limón amargo,
¿quién te soporta?
Tu pico, largo.
Tu nariz, corta.

(Y a quien dice mentiritas...
¡le sale una jorobita!).

Por enojado,
así me mientes:
—Ya te he olvidado,
vieja sin dientes.
Hoy no te quiero.
Hoy no me importas.
Ya no te espero,
cara de torta.

(Y a quien dice mentiritas...
¡le sale una jorobita!).

Tú, el mentiroso.
Yo, la engañera.
Ambos tramposos
de esta manera.
¡Nos amiguemos!
o muy prontito,
tú y yo seremos
dos camellitos.

POEMAS DEL
AMOR ROTO

Poema para pedirte prestada la tijerita

Préstame la tijerita
de hoja fría,
con que cortaste tu vida
de la mía.

(Soy yo quien la necesita.
¡Préstame la tijerita!).

Quiero usar el mismo filo,
de a poquito:
recortar con tu recuerdo
cien flequitos.

(Si corta el amor cual hilo,
¡quiero usar el mismo filo!).

Ya verás, tijeretero
del amor,
cómo corto en serpentinas
mi dolor.

(Si tú la usaste primero...
¡ya verás, tijeretero!).

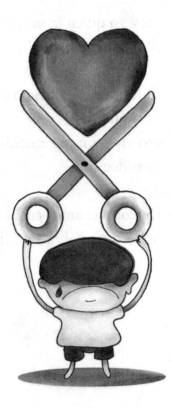

PRIMERA SOLEDAD

La noche me vio despierta:
primera noche ayunada.
A los sorbitos me bebo
mi tristeza esta mañana.

Un sorbito por tu ausencia.
Otro por mí, abandonada.
Desde ayer que no me quieres.
Sólo lo sabe mi almohada.

¿Con cuál de tus barriletes
echó a volar tu promesa,
aquella de "siempre juntos"?
Ya verás si no regresas.

Será mejor que la cumplas
o yo le cuento a tu madre
que me has dejado sin novio
y a mis muñecas, sin padre.

EMBRUJO

Las semillas de tu nombre
–regadas por mi dolor–
en el jardincito entierro
para que brote una flor.

Corto mano,
corto fierro.

Por el daño que me hiciste,
en esa flor, hechizado,
tu corazón –en encierro–
ha de ser mi enamorado.

Corto mano,
corto fierro.

En la flor quedará preso
pues no hay magia que la abra.
(¡Y mientras los ojos cierro...
pronuncio el Abracadabra!).

Corto mano,
corto fierro.

Poema sin ganas

No tengo ganas de despedirme
y tú me dices que debo irme.

La desganada seré a tu lado.
Lágrima viva por tu costado.

A estar sin ti vas a enseñarme,
porque no sé desenamorarme.

No tengo ganas de soledades,
de amor partido en dos mitades,

ni de que falten a mi caricia
las manos tuyas: miedo y delicia.

Y aunque te enojes, volveré a verte:
¡no tengo ganas de no quererte!

DE REYES Y PASTORES

"Los Reyes de España"
se llamaba el juego.
¡Amor, lucha, hazaña!
Juguemos de nuevo:
tú eras la reina,
la reina Isabel
y yo, don Fernando,
su marido fiel.
Coronas iguales
hicimos con cajas.
Los tronos reales:
sillitas de paja.
—"¿Para una reina
de paja la silla?
¡A ver a los toros
me voy a Sevilla!"
Así me dijiste.
Solo en mi dolor,
cuando tú partiste
se partió mi amor.

Y una pastorcita
vio la pena mía...
la caja en el suelo...
tu silla vacía...
Con flauta de caña
tocó un bailecito...
¡y tu rey de España
se hizo pastorcito!
Su oveja, cansada,
se durmió en la caja.
Ella, enamorada,
en silla de paja.
¿"Tu" silla de paja?
Vete ya, no llores...
¡Si no es para reyes...
es para pastores!

La que fue a Sevilla,
perdió su silla.

POEMAS DEL AMOR NO CORRESPONDIDO

PUENTES

Yo dibujo puentes
para que me encuentres:

Un puente de tela,
con mis acuarelas...

Un puente colgante,
con tiza brillante...

Puentes de madera,
con lápiz de cera...

Puentes levadizos,
plateados, cobrizos...

Puentes irrompibles,
de piedra, invisibles...

Y tú... ¡Quién creyera!
¡No los ves siquiera!

Hago cien, diez, uno...
¡No cruzas ninguno!

Mas... como te quiero...
dibujo y espero.

¡Bellos, bellos puentes
para que me encuentres!

POEMA DE SANTA RITA

Me diste tu corazón.
Es mío. Tú me lo diste.
Si hasta la tarde lo sabe
y –como yo– llueve triste.

Porque ahora quieres quitarme
el corazón regalado...
Y no, no te lo devuelvo:
te irás descorazonado.

Aunque digas que es de otra
lo reclamas sin derecho.
Vete con ella, que irás
con un pocito en el pecho.

¡Santa Rita, Santa Rita,
lo que se da no se quita!

Deshojando la margarita

—Me quiere mucho;
poquito; nada...
Tus tres respuestas escucho,
margarita deshojada.

—Mucho—. ¡Te lleve
pétalo tierno,
copito de blanca nieve
para florear mi cuaderno!

—Poquito—. Cita
de blanco triste.
¡Soplo al viento, margarita,
el pétalo que me diste!

—Nada—. No es mía.
Ahora lo sé.
¡Con hilo te hilvanaría
los pétalos que corté!

CASTILLO DE ARENA

Mi muchacho, el dueño
de mi único sueño,
construyó en la arena
quinientos ladrillos
y elevó un castillo.

Después, y con ganas,
le puso ventanas,
un lago violeta,
puentes, torrecita...
¡y otra princesita!

Siguiendo su juego
me dijo: —¡Hasta luego!—
le cavó una puerta,
me quitó su anillo
y entró en el castillo.

Así... ¡Quién diría!
cerró mi alegría
de un solo portazo.
La noche marera
estrenó mi espera.

Desde ese momento
ha crecido el tiempo...
Mi amor no regresa...
¡Y yo, aquí desierta,
no sé abrir la puerta!

Pajaritos en la cabeza

De tanto pensar en ti,
como un árbol pajarero
me gorjea la cabeza...
¡Cúbrela con tu sombrero!

No me dejes ir así:
con cien pajaritos locos
piándome su tristeza...
¡Enjáulalos poco a poco!

Para tu honda, avecitas.
¡Ah, mi amor, sueño de ronda,
arrójales tus piedritas!

Tus piedras... Peno que peno.
Siquiera para tu honda...
¡pero míralos al menos!

POEMAS DEL
AMOR IMPOSIBLE

Poema del enamorado de la maestra

Usted jamás va a saberlo
y es apenas una frase:
¿cómo escribir que la quiero
en el cuaderno de clase?

Usted nunca va a enterarse.
Es ancha esta pena mía...
¿Cómo contarle mi amor
con faltas de ortografía?

Usted pondrá "insuficiente"
a su alumno enamorado,
pues por volverla a tener
voy a repetir el grado.

Poema del enamorado de Alicia, la del País de las Maravillas

Vive en un libro de cuentos;
lo abro y me meto en él.
Todas las noches la encuentro
en su casa de papel.

Pero ni me mira Alicia.
No sabe que, enamorado,
por llegar a su caricia
quisiera ser dibujado.

Un monigote de líneas
trazadas por un pincel,
para vivir con mi niña
en su casa de papel.

Mis ojos, dos verdes pintas;
por sonrisa, algún manchón
y una gotita de tinta
tiñendo mi corazón.

Pero soy de carne y huesos
y me quedo en las orillas
de ese amor –por siempre preso–
en país de maravillas...

El libro vuelve al estante.
Yo vuelvo a la realidad
y me llevo por delante
la noche y mi soledad.

Poema de la enamorada del profesor

¿Por qué no he nacido antes?
Aun de tan niña que voy,
si la que ama es amante,
sin ser amada, lo soy.

Por eso toda la pena
en mi blusa acurrucada.
Es un castillo de arena
mi sueño de enamorada.

¡Qué dolor ser niña amante,
tempranera en el amor!
¿Por qué no he nacido antes,
igual que mi profesor?

Así hiere enamorarse...
El tiempo no vuelve atrás.
Por eso, no va a enterarse:
soy su alumna nada más.

Soy su alumna solamente;
que lo amo nunca sabrá.
Él me quiere "padremente"...
¡pero yo tengo un papá!

POEMA DEL ENAMORADO DE LA ACTRIZ DE CINE

Para alcanzarla
se necesita
subir del sueño
la escalerita.

Allá en lo alto
de la escalera,
–piel de neblina–,
ella me espera.

Una flor blanca
su mano ofrece,
para mi mano
que la merece.

Pero hasta en sueños
doy resbalones:
¡son encerados
los escalones!

Ni dos peldaños
llevo escalados
cuando –de pronto–
despierto helado.

Y una flor blanca
–rosa de nada–
brota del llanto
sobre mi almohada.

ROMANCITO DE LA NIÑA Y EL FANTASMA

Ha nacido un fantasmita
y yo seré su madrina.
Su mamá, doña Fantasma,
casualmente, es mi vecina.
Lo miro: Dulce y pequeño
en su sábana floreada...
con el pelo de puntillas
y carita almidonada.

—¡Cuidado, niña, mi niña!
—me dice el aire asustado—
cuando crezca el fantasmita
puede llevarte a su lado...

Pues yo no le tengo miedo.
Si sabe llorar de veras,
con sus lágrimas redondas
me voy a hacer tres pulseras...
Jugaremos a la mancha
con su sombra y con la mía

y, tal vez, alguna tarde,
le enseñaré a que sonría.

—¡Cuidado, niña, mi niña!
—repite el viento espantado—
puede llevarte una noche
en su velero alunado...

Mejor, así aprendería
canciones en fantasmés,
su modo de ver la luna
y de caminar sin pies...
Acaso le enseñaría
mi manera de mirar
a los pájaros del alba
o mi forma de soñar...

—¡Cuidado! —me grita y grita
la brisa desesperada—:
¡Niñas que aman a fantasmas...
terminan afantasmadas!

UNO MÁS UNO

A los cinco años planté un nombre. Aún no sabía escribir, y el jardín de casa me reservaba un lugar mágico, bajo las azaleas cultivadas por papá. Allí lo pronuncié por primera vez:

—Pa-blo... —Los sonidos saltaron sobre mi mano izquierda, que me cruzaba la boca para recogerlos uno por uno. Tenía miedo de que se me cayera alguno. De ese modo, ¡zas!, la magia rota y Pablo se me perdería para siempre. Pero no. Los duendes me querían entonces: los sentí chocar contra mi piel y cerré la mano con fuerza. Ya era mío.

Después, lo planté apresurada, para que mis hermanas mayores no descubrieran el secreto y corrí al comedor, donde ellas y mis padres me esperaban para almorzar.

Todos estaban alegres aquel domingo... Yo también: acababa de plantar el nombre de mi amigo.

Ah... No podía contárselo a nadie: ¡yo no conocía a ningún chico que se llamara Pablo! ¡Cómo se iban a reír mis hermanas, si les decía que me había inventado un amigo! ¿Y mamá? Seguramente me volvería a repetir que mis verdaderos amigos eran Lucas, Teresa, Carlitos o Raquel, los hijos de nuestros vecinos...

¿Y papá? Papá se limitaría a responderme con un dulce silencio... ¿Quién iba a entender que yo necesitaba un Pablo y que sabía que alguna tarde tenía que aparecer, porque había plantado su nombre con amor?

El tiempo que hubiera que esperarlo no me importaba. Es más, el tiempo no tenía entonces, para mí, ninguna importancia...

Cuando cumplí seis años ingresé en primer grado y aprendí a escribir, como todos los chicos.

—Bla-Ble-Bli-Blo-Blu —leí una mañana a coro, junto con mis compañeros, mientras la maestra escribía esas sílabas en el pizarrón, con tizas de colores.

Ble era un caBLE amarillo...

Bli, una taBLIta verde...

Blu, una BLUsa colorada...

Bla, todo el BLAnco...

¿Y Blo? El corazón me atropelló el guarda-polvo: ¡Blo era PaBLO! ¡Y azul!

—PaBLO es el carpintero de mi pueBLO —nos dictó más tarde la maestra. Y en mi cuadernito, generosamente abierto como la tierra del jardín de casa, escribí el nombre de mi amigo por primera vez. En el mismo momento, me pareció oír un canto o un silbo... Un canto o un silbo breve, tan breve como es todo lo mágico. Tan hermoso. Igual de inexplicable.

Terminaron las clases. Y sí. Sí. Sí y sí: Ese verano, tropecé con Pablo: digo que tropecé, porque realmente sucedió así. Él doblaba la esquina de mi casa, arrastrando una rama contra la pared. Yo caminaba en la dirección contraria. De golpe, el encuentro. A puro sol. De frente.

Nos miramos entre aleteos. (Todavía sobraban las mariposas...).

—¡Hola! —me gritaron Lucas, Teresa, Carlitos y Raquel, que venían siguiéndolo.

—Es el nieto de don Gregorio... —me dijo Lucas.

—...que vino del campo... —agregó Carlitos.

—...a pasar las vacaciones en la ciudad —completó Raquel, excitada.

—Ésta es Elsita, Pablo. —Teresa nos presentó.

¡Ja! ¡Como si hubiera hecho falta! ¡Al amigo se lo reconoce por los ojos! Y nosotros dos, mirándonos, ya nos habíamos reconocido.

Esa noche, volví al jardín y desenterré su nombre: ¡mi amigo Pablo había aparecido por fin!

¿Cómo contarles lo que nos dimos?

Necesitaría palabras hechas a mano, de esas que únicamente ustedes, los chicos, son capaces de dibujar... (Yo ya soy grande y uso una máquina para escribir...). Sin embargo, creo que puedo ayudarlos para que lo imaginen: aquel verano fue la suma de uno más uno. Reímos, compinches, y lloramos a dúo.

Aquel verano fue una calle redonda, por la que él y yo corrimos cada día para cambiarnos las sonrisas...

Aquel verano fue una plaza, donde juntos perseguimos —con los ojos— los mismos pájaros...

Aquel verano fue una siesta, en la que ambos —en puntas de pie— escuchamos campanear nuestros zapatos sobre un sueño que solamente nosotros dos sabíamos que era común.

Al gastarse las vacaciones, Pablo volvió a su provincia. Marzo había venido a buscarlo. Marzo se fue, llevándolo.

No nos volvimos a ver.

Fuimos amigos durante un verano.

Amigos a más no poder. Un verano solo. Amigos. Un único verano. Uno.

¿Que fue poco tiempo?

Ya les dije que el tiempo no tenía entonces, para mí, ninguna importancia.

Para Pablo tampoco.

No puedo escribir más: en este momento me parece oír un canto o un silbo... Un canto o un silbo breve, tan breve como es todo lo mágico. Tan hermoso. Igual de inexplicable.

ELSA BORNEMANN

Nació en Buenos Aires. Es Profesora en Letras (Universidad Nacional de Buenos Aires).

Escribe libros para niños y jóvenes desde hace treinta años, y también ha compuesto canciones, novelas y piezas teatrales. Algunas de sus obras han sido publicadas en varios países de América Latina y de Europa, en los Estados Unidos, Israel y Japón. Ha recibido muchos premios nacionales e internacionales.

Entre sus libros publicados se encuentran: *A la luna en punto, El espejo distraído, Cuadernos de un delfín, Un elefante ocupa mucho espacio, Cuentos a salto de canguro, El último mago o Bilembambudín, El niño envuelto, Tinke- Tinke, No somos irrompibles, Disparatario, Lisa de los paraguas, ¡Nada de tucanes!, Los grendelines, ¡Socorro!, Socorro Diez, La edad del pavo, Sol de noche, A la luna en punto, Los desmaravilladores, Queridos monstruos, Corazonadas, No hagan olas*, y *Amorcitos sub-14*.

ÍNDICE

CARTA A LOS CHICOS ENAMORADOS 9

POEMAS DE LA DECLARACIÓN DE AMOR
Invitación 17
Si yo fuera un gato 19
Canción para saber cómo es la gente 21
Romancito de todos los colores 23
Adivinanza 24
Galera de mago 25
Canción marinera 27
Declaración por cuadruplicado 28
De girasoles y giralunas 30
Cuento transparente 31

CASOS Y COSAS DEL PRIMER AMOR
Mediodía de sol en Buenos Aires 35
Poema del ladroncito 37
¿De dónde vienes? 38
Aviso clasificado 40
Poema del amor silbado 42
Yo 43
Instrucciones para tejer un secreto 45
¡Tiene novia! 47
Marinero se necesita 48
Poema por su espejito perdido 50

POEMAS DE LOS FESTEJOS DEL AMOR
Primer día de novios 53

Semanario del primer beso 54
Regalos de cumpleaños 55
Canto al primer verano juntos 57
Bienvenido otoño 58

POEMAS DEL AMOR AUSENTE
Gallito ciego 61
Se me ha perdido una niña 62
Veo-veo 64
De vacaciones con papá y mamá 65
Porque ya no estás 67

POEMAS DEL AMOR ENOJADO
Poema de Santo Pilato 71
Los juegos de tu amor 73
Buenos días, su señoría 75
Poema de la veleta 76
Poema del amor casi engripado 78

POEMAS DEL AMOR RECONCILIADO
Te pido "pido" 83
Hagamos las paces 84
Bandera blanca 86
Poema del musiquero 87
Canción de los mentirosos 89

POEMAS DEL AMOR ROTO
Poema para pedirte prestada la tijerita 93
Primera soledad 95

Embrujo 96
Poema sin ganas 98
De reyes y pastores 99

POEMAS DEL AMOR NO CORRESPONDIDO
Puentes 103
Poema de Santa Rita 105
Deshojando la margarita 106
Castillo de arena 108
Pajaritos en la cabeza .110

POEMAS DEL AMOR IMPOSIBLE
Poema del enamorado de la maestra 113
Poema del enamorado de Alicia,
la del País de las Maravillas 114
Poema de la enamorada del profesor 116
Poema del enamorado de la actriz de cine 118
Romancito de la niña y del fantasma 120

UNO MÁS UNO (CUENTO) 123

BIOGRAFÍA DE LA AUTORA 131

Esta novena reimpresión de 2.700 ejemplares se terminó de imprimir en el mes de enero de 2013 en Arcángel Maggio – División Libros, Lafayette 1695, Buenos Aires, República Argentina.